Ирина Затуловская

Басё-ком

translated by KOJIMA Hiroko

裸足で

2016年1月20日初版印刷
2016年2月11日初版発行

イリーナ・ザトゥロフスカヤ
児島宏子 訳

発行者　飯島徹
発行所　未知谷
東京都千代田区猿楽町2-5-9　〒101-0064
Tel.03-5281-3751 / Fax.03-5281-3752
〔振替〕00130-4-653627
組版　柏木薫
印刷所　ディグ
製本所　難波製本

Japanese edition by Publisher Michitani Co. Ltd.,Tokyo
©2016, Ирина Затуловская
© 2016, KOJIMA Hiroko　Printed in Japan
ISBN978-4-89642-488-1　C0098

ИРИНА ЗАТУЛОВСКАЯ

СТИХИ
В ЙОКАНАМЕ

В НАЧАЛЕ
МАЯ

ВСЕЛЕНСКОЕ
НЕБО,
НАД ЯПОНСКИМ
МОРЕМ —
МОЁ ПЕРВОЕ
ХАЙКУ

В ЁOКАНАМЕ

ГОЗЕ

Три слепые
певицы
бредут :
четырёх
одуванчиков
горечь

К БАСЁ

Я ТОЖЕ
ЕМ
СВОЙ
УТРЕННИЙ
РИС

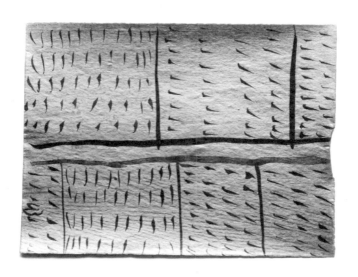

КУДА МНЕ
СПЕШИТЬ —
ДВА МУЖЧИНЫ
СО МНОЙ:
ДОЖДЬ И
УГОЛЬНЫЙ
КАРАНДАШ

СОСЕД ПРИНЁС
ПОДАРОК

ИВАСИ ТАКИЕ
СИНИЕ
ИРИСЫ ИСТОШНО
СИНИЕ
НЕБО ТОЖЕ
СИНЕЕ

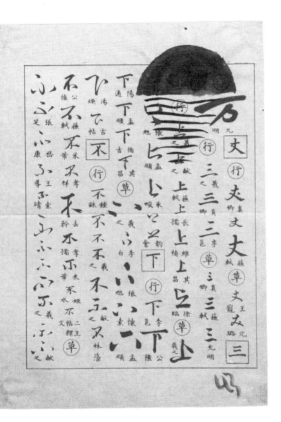

О, САДО !
ЯПОНСКИЕ
СОЛОВКИ
О, САДО !
САДО !

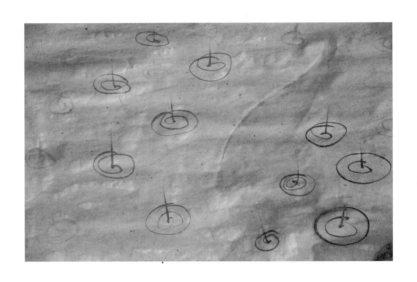

Мой японский дом

И УТРОМ

И ВЕЧЕРОМ

ТИШИНА

ГЛИЦИНИЯ

ЗА ШИРМОЙ

И КАРП

В ПРУДУ

Привычки рыбаков

В панцирь
краба
сакэ
наливает
сосед –
многоруким
Буддой
был этот краб

ДОЖДЬ
МЕШАЛ РАБОТЕ

ЕЩЁ НЕ ПОКРА
СНЕЛИ КЛЁНЫ
А Я УЖЕ
ЧАСЫ НАРИСОВА
ЛА
НАД ДВЕРЬЮ
ДОМА ПРЕСТА
РЕЛЬХ   24 ОКТЯБРЯ

УТРОМ КОЛЬЦА
ПОЧЕРНЕЛИ
АХ, ДА,
ВЧЕРА
В ОНСЭНЕ
ПАХЛО СЕРОЙ

27октября

31 ОКТЯБРЯ

АХ, КАК НЕ
ХВАТАЕТ
ВАТНОГО
КИМОНО
В СЕВЕРНОЙ
ДЕРЕВНЕ

НЕ ОГОРЧАЙ-
ТЕСЬ, ЯПОНЦЫ

ЧЕХОВ БЫЛ
ВЫСОК —
НИЧЕГО
НЕ ПОДЕЛАЕШЬ
ТАКОЙ ВЫРОС

ЯШМА И ЖИЗНЬ—
ОДИН ИЕРОГЛИФ

СРЕДИ ЯШМОВЫХ
ГЛЫБ
СЕРНАЯ БАНЯ
ПОД ДОЖДЁМ—
ВОТ ЭТО ЖИЗНЬ

ШТОРМ И БУРЯ

ВЕТЕР В ДОМ
ПРИШЁЛ
ХОЗЯИНОМ
А МОРЕ
НЕ ДОТЯНЕТСЯ

МЫ ХОДИЛИ
С ФУМИЁ В
ОНСЭН

ОНА ЧЕТЫРЁХ
СЫНОВЕЙ
РОДИЛА
А ПО ВИДУ
НЕ СКАЖЕШЬ

ЭТО ХАЙКУ
Я НАПИСАЛА
30 ЛЕТ НАЗАД.

ЖЕЛТЫ КАК
ЯПОНЦЫ
СТАРЫ КАК
КИТАЙЦЫ —
ОСЕННИЕ
ЛИСТЬЯ.

А ЭТО — 40
ЛЕТ НАЗАД

КРАСНЫЕ
ЗВЁЗДЫ
РУБИНОМ
ГОРЯТ —
ДОЖДЬ
В НОЯБРЕ

Хитрости языка

ЖЁЛТЫЙ ГОЛОС
ЧЁРНЫЙ ЗАНАВЕС
КРАСНАЯ ЛОЖЬ

8 НОЯБРЯ

СЕМЬ ЛЕТ
БЕЗ ТЕБЯ.
ОДИНОКО И
ГРУСТНО.
О, ЛАВИНИЯ!

УМЕР ОН
НЕ УМЕЯ
ПЛАВАТЬ.
ВОЛНЫ
ЕГО НЕ КАЧАЛИ.
ОН ВСЕГО
БОЯЛСЯ —
БЕДНЫЙ
ПАПА

НЕУЖЕЛИ
НИЧЕГО
НЕ БРОШУ
В МОРЕ
СТАРАЯ
ОДЕЖДА.
НАДОЕЛА
НО У МОРЯ
СВОЕГО
СТАРЬЯ ХВАТАЕТ

ГЛАВНОЕ ЯПОНСКОЕ ПУТЕШЕСТВИЕ

В КИМОНО
в КИОТО.

САД КАМНЕЙ.

В КИМОНО
и.з. КИОТО.

То— кио.

© Miya Kosei

装いは千年紡ぐあでやかさ

後ろ髪引かれつ京出づる

石庭はゆかし新し京謎めく

心にのこる日本の旅

海鳴りや思い出ばかり山をなし

冬濤を畏れわが父奥津城(おくつき)に

わが友ラヴィーニャ逝(ゆ)きて七年(ななとせ) 十一月八日

愛読者カード

ご購読ありがとうございます。誠にお手数とは存じますが、
アンケートにご協力下さい。貴方様の貴重なご意見ご感想を
賜わり、今後の出版活動の資料として活用させて頂きます。

●本書の書名

●お買い上げ書店名

●本書の刊行をどのようにしてお知りになりましたか？

書店で見て　　広告を見て　　書評を見て　　知人の紹介　　その他

●本書についてのご感想をお聞かせ下さい。

●ご希望の方には新刊書のご案内をさせて頂きます。　　　要　　　不要

通信欄（ご注文も承ります）

郵 便 は が き

料金受取人払郵便

神田局
承認

2810

差出有効期限
平成30年1月
31日まで

101-8791

5 0 4

東京都千代田区
猿楽町2-5-9
青野ビル

㈱ **未知谷** 行

|||||||||||||||||||||||||||||||||

ふりがな	
ご芳名	

E-mail

ご住所 〒　　　　　　　　　　　Tel.　-　　-

ご職業	ご購読新聞・雑誌

黄なる声ぬばたま帳赤き嘘
ことばのずるさ
とばり

この句は四〇年前(の十一月七日革命記念日)に書いた

霜月の雨に燃ゆるや赤い星

赤い星は世界遺産であるモスクワ・クレムリンの主要な塔の星型風見

この句は三〇年前に書いた

顔(かんばせ)や唐人和人黄葉(もみじ)色

ふみえさんと温泉に行く

男子四人育む母の乳颯爽
(おのこよたり)

大風に海は動かじ家響む　二百十日(とよ)

露天風呂首から上は時雨けり

八州(やしま)に在りて人生を想ふ

チェーホフは長身痩躯(ちょうしんそうく)やる方なし

綿入れを重ねて更けぬ越後の夜

十月末日

硫黄の湯指輪くすみて秋深し

紅葉(もみ)はるか雨の刻める古時計

雨の日

観音の蟹の甲羅を酒盃とし

　　漁師の夕餉

閑(しず)けさや藤を見上ぐる池の鯉

越後逗留中の家

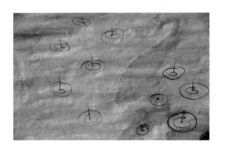

まほろばのそぞろソロフキ佐渡島

ソロフキはソ連時代政治犯収容の監獄島といわれた

隣人からの届けもの

鰯あおしなお空碧し花菖蒲

汝(な)はいずこ雨と絵筆を伴として

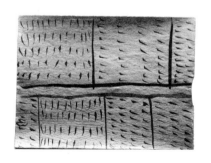

われもまた朝餉(あさげ)となさん米を研(と)ぐ

芭蕉翁へ

タンポポに哀しみ聞くや瞽女(ごぜ)三人(みたり)

越後五ヶ浜にて

日本海空のゆりかご五月晴れ

裸足で

訳者附記

　水と土の芸術祭のイベントで利奈女（イリーナの俳号）は砂浜に絵を描いた。波が次々と絵をさらう。何度も絵が立ち上る。色即是空。海辺をなぞり彼女はゆくりなくも芭蕉の軌跡・心を反芻したのでは？　越後の地で斜めなりの雪片を唇に巡回僧のシルエットがハゼの街道に消え行く。唸り逆巻く吹雪。時ならぬ鳥の乱舞。気流のかたち。気圏の底。その崩落。ロシア語の Босиком（裸足で）と芭蕉（Bacë）が結びついてタイトルは Bacë-ком バショーコム。マカ不思議、して、自然な観念連想。空即是色。呵々。

© MIYA Kosei

まえがき

　越後五ケ浜で句作を始めた経緯(いきさつ)を手短に認めます。

　日本の舞踏家堀川久子さんが、ワイン工場を会場に開催された第4回シベリア展で私の作品を見て下さいました。彼女はモスクワでまた私の作品と出会い、新潟で開催される〝水と土の芸術祭〟に推薦して下さいました。こうして私は新潟市に招待されました。

　二〇一二年の五月と十月、まるまる二か月を五ケ浜の村で過ごしながら、絵を描き、このユニークなトリエンナーレ芸術祭に参加したのです。新潟市の関係者の皆さま、愛しい村の皆さん、そして堀川さんや新潟大学教授でロシア文化ご専門の鈴木正美先生など、お名前を連ねきれないほど、多くの皆さまにお世話になりました。ありがとうございます。

　さて、越後五ケ浜では、朝夕、芭蕉と共に散歩を楽しみました。その結果の、ささやかな俳画集です。

　ささやかでも、私には宝物となる初めての俳画集です。快くこの世に送りだして下さった未知谷の飯島さんにも感謝いたします。

　　　　　　　　　　　　　　　イリーナ・ザトロフスカヤ

contents

Басё–ком

5 ⁄ 76

into Japanese

74 ⁄ 7

目次

まえがき

4 ⁄ 77

裸足で

7 ⁄ 74

原句集

76 ⁄ 5